« O COR... MORTALIUM SPES ULTIMA ! »

PIEUX PÈLERINAGE

AU

SACRÉ-CŒUR

A

MONTMARTRE

POURQUOI ? — SES ORIGINES

Avec Prières liturgiques et Litanies

Plus quelques Souvenirs religieux attachés

A LA BASILIQUE ET AU MONT CÉLÈBRE

PLAN INDICATEUR

Par E. M. G.

Docteur en Théologie, licencié ès-lettres

Ancien Professeur d'Histoire. — Aumônier.

SAINT-JUST

IMPRIMERIE UNIVERSELLE

1900

DU MÊME AUTEUR :

Aux Saints Patrons et Protecteurs de Paris, Visite de Douze Minutes, au jour de leur fête et Guide du Pèlerin à leurs Reliques sacrées. Notices sur leurs vies, leur culte, avec invocations et prières liturgiques, plus quelques souvenirs religieux attachés à leurs églises
Deux beaux volumes, *franco* . . . . **4 fr. 50**

Un Missionnaire breton, le P. L'Hévéder Jésuite, écrit « *Vos Saints Patrons font mes délices* »

Les Six Jours de la Création, leur symbolisme, *franco* . . . . **2 fr. 50**

Un Jésuite, Missionnaire, écrit à l'Auteur : « J'ai dévoré d'un trait, prêt à recommencer aux premiers loisirs, votre *Essai sur les Six Jours* tant c'est savoureux !... Ce petit volume-là ne saurait périr, tant il renferme de bien et de science. » Père Carré, 7 avril 1898, Montréal, Canada.

L'Apologétique, (de Tertullien.) traduction française, notes, texte latin retouché pour classes, *franco* **2 fr. 50**

Bartas a écrit : « L'Apologétique ne sera jamais dépassé. » Et encore : « Aucune œuvre ne mérite davantage d'être classique » (Histoire de l'Église, tome VII.) Et Scaliger : « L'Apologétique est le bouclier du Christianisme. »

Essai d'Instructions ou Commentaires de beaux passages de l'Évangile et sujets divers avec notes historiques et critiques, précédés de la très belle lettre de Rome (1894) aux évêques d'Italie et chefs d'Ordres sur les graves abus de la prédication contemporaine, avec quatre tables alphabétiques, *franco* . . . . **3 fr. 50**

Le Père Esbach, supérieur du Séminaire français à Rome, écrit à l'Auteur : « Vos instructions sont réellement de nature à faire du bien ; c'est solide et pieux. J'ai lu aussi vos notes historiques et critiques. Elles me paraissent très justes. »

Et un autre religieux : « Ces Commentaires élèvent l'âme, nourrissent fortement l'esprit et donnent au cœur un véritable élan vers son Dieu. »

LE VIEUX CHAILLOT, au XVIe, XVIIe, XVIIIe siècles, son Église Saint-Pierre, ses Tombes, ses trois Abbayes célèbres, sa Manufacture royale, etc. avec une carte. Par E.-M. Gaucher, Docteur en Théologie, licencié ès-lettres, ancien Professeur d'Histoire. Prix : 1 fr., avec couverture de luxe 1 fr. **25**

NOTRE-DAME DES VICTOIRES, avec Plan, Prix . . . . . **0 fr. 75**

SAINT GEORGES, *Thèse sur le martyre*. Prix . . . . **1** »

SAINT GERMAIN, histoire de l'Abbaye, tombeaux **1** 25

LES GRANDES RELIQUES DE LA PASSION, histoire, culte **1** 25

Oui, nous souhaitons que Paris (Exposition) devienne une prédication pour beaucoup d'âmes qui y découvriront des merveilles de foi, de piété et de charité...

« Il y a *deux sanctuaires* que la Providence nous a donnés à Paris : *Notre-Dame des Victoires* et le **Sacré-Cœur de Montmartre...** — *Vous irez à la Montagne de nos Martyrs... le Sacré-Cœur de Jésus est pour la France le gage du salut.* »

(Mandement de Carême 1900, Card. RICHARD.)

<hr>

L'ouvrage a été fidèlement et religieusement soumis à l'Ordinaire Evêché de Beauvais).

« O COR... MORTALIUM SPES ULTIMA ! »

✝

PIEUX PÈLERINAGE

AU

SACRÉ-CŒUR

A

MONTMARTRE

Pourquoi ? — Ses Origines

Avec Prières liturgiques et Litanies

Plus quelques Souvenirs religieux attachés

A LA BASILIQUE ET AU MONT CÉLÈBRE

PLAN INDICATEUR

Par E. M. G.

Docteur en Théologie, licencié ès-lettres

Ancien Professeur d'Histoire. — Aumônier.

Extrait du Second Volume des Saints Protecteurs du Diocèse.

SAINT-JUST

IMPRIMERIE UNIVERSELLE

1900

✝

PIEUX PÈLERINAGE

AU

SACRÉ-CŒUR

À

MONTMARTRE

Pourquoi ? — Ses Origines

Avec Prières liturgiques et Litanies

Plus quelques Souvenirs religieux attachés

A LA BASILIQUE ET AU MONT CÉLÈBRE

PLAN INDICATEUR

Par E. M. G.

Docteur en Théologie, licencié ès-lettres

Ancien Professeur d'Histoire. — Aumônier.

Extrait du Second Volume des Saints Protecteurs du Diocèse.

SAINT-JUST

IMPRIMERIE UNIVERSELLE

1900

O Cor, Amoris Victima,
Mortalium spes ultima

LE SACRÉ-CŒUR DE JÉSUS

1° Le très pieux saint Alphonse de Liguori s'écriait autrefois : « O ciel! quelle ingratitude, quels opprobres ce Dieu Sauveur n'a-t-il pas à essuyer dans le Sacrement de l'autel!.... » Un jour que la Bienheureuse Marguerite-Marie, à genoux, adorait, prosternée devant le tabernacle, Jésus, apparaissant dans sa gloire, lui montra son Cœur, sur un trône de flammes, couronné d'épines et une croix par-dessus : « Voilà, lui dit-il, ce Cœur qui a tant aimé les hommes! il n'a rien épargné pour eux. Mais au lieu de reconnaissance, je ne reçois qu'ingratitude de la plupart, par les irrévérences, les froideurs, les sacrilèges et les outrages qu'ils me font dans ce Sacrement. » Et le Sauveur lui dit d'agir autour d'elle pour que le premier vendredi, après l'octave du Saint-Sacrement, fut consacré à la célébration d'une fête en l'honneur de son Cœur adorable. Ce jour-là, les âmes qui l'aiment, s'efforceront de réparer par leurs hommages les mépris qu'il a essuyés de la part des hommes dans le Sacrement des autels; et il promet les grâces les plus abondantes à celles qui lui rendront honneur. (Visites au Saint-Sacrement, p. 12).

2° En allant à Montmartre, j'adorerai, dans mon cœur, la Majesté souveraine qui réside là-bas et véritablement sur le trône de sa grâce : *adeamus cum fiduciâ ad Thronum gratiæ ut misericordiam consequamur* (Hébr., 1). Je m'unirai à Notre-Dame, aux Saints, à l'Eglise de France entière, à celle de Paris surtout, pour rendre au **Sacré-Cœur, dans l'Eucharistie,** les hommages qu'Il attend de moi. Depuis bientôt vingt ans, la **Très sainte Hostie,** dans son radieux ostensoir, reste, est restée là-haut, jour et nuit, exposée ! Et grâce au ciel qui les inspire, les adorateurs n'ont jamais, depuis 1881, même pendant une heure, cessé leurs adorations, leurs hommages, leurs réparations ! C'est le *Laus perennis* d'autrefois sous une forme nouvelle. Cinq mille Dames, des groupes délégués d'Œuvres chrétiennes et de communautés zélées, vont tour à tour y prendre leur faction de garde du jour ; trente à quarante hommes, chaque soir, s'y rendent à leur tour pour y veiller leurs gardes de nuit ! *Et lectulum Salomonis fortes ambiunt ex fortissimis Israel* (Cantiq.) : Le lit de gloire, le trône de Salomon est environné des plus vaillants d'Israël. Chacun d'eux est armé de l'épée — la prière — à cause des terreurs nocturnes, *propter timores nocturnos,* c'est-à-dire pour refouler les puissances des ténèbres, *Potestas tenebrarum* qui envahissent la terre. Belle, très sainte et consolante institution ! « Réparer, ici, par des hommages sans fin les outrages que, trop près, hélas ! le Seigneur reçoit aussi sans fin de la part des hommes ! »

3° Le mois de juin seul, voit monter à la colline, près de cinquante mille personnes ! Cent cinquante mille communions sont peut-être données, ici, par an ! En vous entretenant de ces choses, essayez, chemin faisant d'apercevoir là-bas, au détour des rues, la Basilique, bien assise sur son large piédestal. Des différents points de Paris où se montre le vaste et religieux monument, **ex-voto de la France chrétienne repentante et toujours dévouée** *Gallia pænitens et devota,* il fait très bien réellement. Ces dômes majestueux, ces nombreux clochers, ces harmonieuses coupoles, ces courbes, ces mille lignes horizontales ou verticales si nettement accentuées qui, s'unissant dans un si bel ensemble, couronnent si royalement la massive et sainte montagne et vont de ce piédestal des martyrs, porter au ciel l'hommage de notre foi, de notre repentir, de notre espérance et aussi de la charité et des sacrifices du monde chrétien ! **Trente millions ont été offerts, ici, au Sacré-Cœur !** L'ensemble est grandiose, la position admirable et sa hardiesse même, au double sens du mot, plaît encore. C'est ici que saint François de Sales venait jadis respirer, disait-il, **l'air du**

Paradis (à l'abbaye des saintes religieuses de Montmartre). L'auguste Basilique enfin, pierres et prières, semble faire comme un suprême effort au ciel pour implorer la miséricorde, à Paris, pour y rappeler, pour y proclamer la pénitence et la foi des anciens jours : *ad populum tota die contradicentem !* (Rom., X.)

4° Arrivé là-haut, devant le saint tabernacle, ayant pieusement jeté un regard rapide sur l'ostensoir et la belle statue du Sacré-Cœur qui couronne le grand autel, unissant enfin mes intentions aux intentions de la Garde d'Honneur qui veille, j'adorerai humblement la Majesté, la Royauté, la Divinité du Maître, du Seigneur qui y réside et m'attend :

> *Adoro te devote latens Deitas !*
> *Quæ sub his figuris veré latitas !*
> *Tibi se cor meum totum subjicit !*

Je lui demanderai pardon de mes fautes et de celles du monde. Puis lui exposant mes besoins, je lui ferai mes recommandations.

II

PRIÈRES

Accordez-nous cette grâce, ô Dieu souverain ! que vous glorifiant dans le **très saint Cœur de votre Fils,** et célébrant, ici, les plus éclatants bienfaits de son amour pour les hommes, nous nous réjouissions de l'accomplissement de ces mystères et participions à leurs fruits de salut. Par le même Jésus-Christ Notre-Seigneur...

SAINTE MESSE

INTROIT

Il aura pitié de nous, selon la multitude de ses miséricordes, car **son Cœur** n'a ni méprisé, ni rejeté les enfants des hommes. Le Seigneur est bon, suave, à ceux qui espèrent en Lui, à l'âme qui le cherche. Alleluia, alleluia. Je chanterai éternellement ses miséricordes. Gloire à Dieu.

ÉPITRE

(Isaïe, ch. XII.)

Je publierai vos louanges, Seigneur, parce que, irrité contre moi, vous avez aussitôt apaisé votre courroux, et vous m'avez consolé. Oui, Dieu est mon Sauveur. J'agirai donc avec confiance, et je ne craindrai point mes ennemis ; parce que le Seigneur est ma force et ma gloire, et qu'il s'est déclaré mon Sauveur. Enfants d'Israël, vous puiserez avec joie des eaux pures dans les fontaines du Sauveur et vous direz alors ; Chantez les louanges du Seigneur et invoquez son Nom. Souvenez-vous que ce Nom est grand. Chantez des hymnes au Seigneur, parce qu'il fait des choses magnifiques ; annoncez-le à toute la terre. Maison de Sion, tressaillez de joie et bénissez Dieu, parce que le Grand, le Saint d'Israël est au milieu de vous.

GRADUEL

O vous tous qui passez par le chemin — qui montez aussi votre calvaire — regardez et voyez s'il est douleur compa rable à ma douleur ! — Ayant aimé les siens qui étaient dans le monde, il les aima, il les aimera jusqu'à la fin du monde. — Apprenez de moi que je suis doux et humble et vous trouverez le repos de vos âmes.

ÉVANGILE

(Saint Jean, xv.)

En ce temps-là : comme c'était la veille du sabbat, — qui était fort solennel, — afin que les corps ne demeurassent point sur la croix pendant ce jour — les Juifs prièrent Pilate de leur faire rompre les jambes, et de les faire enlever. Il vint donc des soldats qui rompirent les jambes au premier, et à l'autre qu'on avait crucifié avec lui. Puis étant venus à Jésus, et le voyant déjà mort, ils ne lui rompirent point les jambes ; mais **l'un d'eux lui ouvrit le côté d'un coup de lance ; et aussitôt il en sortit du sang et de l'eau.** Celui qui l'a vu en rend témoignage, et son témoignage est véritable.

Credo.

OFFERTOIRE

O mon âme, bénis le Seigneur et n'oublie jamais les récompenses qu'il a promises. Elles te combleront de tous les biens. Alleluia !

SECRÈTE

Jetez les yeux sur nous, Seigneur, pendant que nous vous offrons ces holocaustes que nous tenons de vous; et, pour que nos cœurs soient préparés à vous les offrir avec plus de ferveur, embrasez-nous des flammes de la divine charité. Vous qui étant Dieu, vivez et régnez, etc.

PRÉFACE

Il est véritablement juste, il est équitable et salutaire de vous rendre grâces en tout temps et en tout lieu, Seigneur saint, Père tout puissant, Dieu éternel, par Jésus-Christ **Notre-Seigneur, qui pendant sa vie mortelle, nous proposa son Cœur sacré comme un modèle de douceur et d'humilité,** et permit que sur la croix la lance d'un soldat le perçât, afin de mettre à découvert les entrailles de sa miséricorde. **Ce Cœur est vraiment le sanctuaire du divin amour, dont la plénitude se répand sur tous :** c'est une source inépuisable de vie, d'où découlent sans cesse les dons de toutes les vertus; c'est le sanctuaire sacré de la charité, où les justes trouvent le repos, les pécheurs un refuge, les affligés des consolations et les faibles de nouvelles forces. C'est pourquoi nous nous unissons, etc.

COMMUNION

Mon Cœur a attendu l'outrage et la misère. J'espérais que quelqu'un compatirait à ma tristesse et me consolerait. Nul n'est venu : j'ai attendu en vain!

POSTCOMMUNION

Nourris de cette délicieuse Hostie de paix et de vos salutaires Sacrements, nous vous supplions, Seigneur notre Dieu, vous qui êtes doux et humble de cœur, de nous purifier de tout vice, de nous inspirer une vive horreur pour les orgueilleuses vanités du monde. Vous qui, étant Dieu, vivez et régnez, etc.

VÊPRES

QUELQUES BELLES ANTIENNES

Apprenez de moi que je suis doux et humble de cœur. **J'ai choisi, j'ai possédé, j'ai sanctifié ce lieu** afin que mon Nom y soit éternellement invoqué, et que mes yeux et mon Cœur y soient à jamais ouverts sur vous et pour vous !

Je me suis justifié au milieu des innocents et cependant, j'ai été flagellé par les méchants ! — La mesure même des douleurs qui ont déchiré mon Cœur, est devenue la mesure des consolations qui ont réjoui mon âme !

CAPITULE

Oui, Dieu est mon Sauveur. J'irai donc à Lui avec confiance. Je ne craindrai point mes ennemis, car le Seigneur est ma force et ma gloire, puisqu'il s'est déclaré mon Sauveur.

HYMNE

Créateur bienheureux et éternel de l'univers, Christ saint, Lumière de la lumière incréée du Père, vrai Dieu de vrai Dieu — Votre charité sans bornes, vous presse de revêtir notre humanité afin que, nouvel Adam, vous nous rendiez, par là l'innocence que le premier nous avait ravie. — Suprême Fabricateur de la terre, des mers et des astres, votre Cœur, ayant pitié des forfaits de nos pères, a brisé nos lourdes chaînes. — Que cet élan de votre charité si belle, ô Christ béni ! ne s'arrête plus dans votre poitrine, qu'à cette source éternelle, les nations viennent à jamais puiser les grâces du pardon ! Souvenez-vous que c'est pour cela que votre Cœur fut frappé de la lance cruelle, pour cela que vous avez souffert tant de tortures : de votre côté ouvert l'eau et le sang n'ont coulé que pour laver nos souillures ! — Gloire au Père, au Fils et à l'Esprit-Saint auxquels appartient seuls la puissance, la gloire et l'empire dans les siècles des siècles !

VERSET

Vous puiserez avec joie aux fontaines du Sauveur.

MAGNIFICAT

Arrivés à Jésus et le trouvant mort, ils ne brisèrent point ses jambes — comme aux deux autres — mais un des soldats lui ouvrit le côté droit de sa lance et aussitôt on en vit sortir — par un grand miracle — du sang — beau et vermeil — et de l'eau — d'une limpidité admirable.

LITANIES DU SACRÉ-CŒUR DE JÉSUS

Seigneur, ayez pitié de nous.
Jésus-Christ, ayez pitié de nous.
Seigneur, ayez pitié de nous.
Jésus-Christ, écoutez-nous.
Jésus-Christ, exaucez-nous.
Père céleste, qui êtes Dieu,
Dieu le Fils, Rédempteur du monde,
Esprit-Saint, qui êtes Dieu,
Sainte Trinité, qui êtes un seul Dieu,
Cœur de Jésus, Fils du Père éternel, Ayez pitié de nous.
Cœur de Jésus, formé par le Saint-Esprit dans le sein de la Vierge Marie,
Cœur de Jésus, uni substantiellement au Verbe de Dieu,
Cœur de Jésus, d'une infinie majesté,
Cœur de Jésus, temple saint du Seigneur,
Cœur de Jésus, tabernacle du Très-Haut,
Cœur de Jésus, maison de Dieu et porte du ciel,
Cœur de Jésus, fournaise ardente de charité,
Cœur de Jésus, sanctuaire de la justice et de l'amour,
Cœur de Jésus, plein d'amour et de bonté,
Cœur de Jésus, abîme de toutes les vertus,
Cœur de Jésus, très digne de toutes louanges,
Cœur de Jésus, roi et centre de tous les cœurs,
Cœur de Jésus, dans lequel sont tous les trésors de la sagesse et de la science,
Cœur de Jésus, dans lequel réside toute la plénitude de la divinité,
Cœur de Jésus, objet des complaisances du Père céleste,
Cœur de Jésus, dont la plénitude se répand sur nous,
Cœur de Jésus, le désiré des collines éternelles,
Cœur de Jésus, patient et très miséricordieux,
Cœur de Jésus, libéral pour tous ceux qui vous invoquent,
Cœur de Jésus, source de vie et de sainteté,
Cœur de Jésus, propitiation pour nos péchés.

Cœur de Jésus, rassasié d'opprobres,
Cœur de Jésus, broyé à cause de nos péchés,
Cœur de Jésus, obéissant jusqu'à la mort,
Cœur de Jésus, percé par la lance,
Cœur de Jésus, source de toute consolation,
Cœur de Jésus, notre vie et notre résurrection,
Cœur de Jésus, notre paix et notre réconciliation,
Cœur de Jésus, victime des pécheurs,
Cœur de Jésus, salut de ceux qui espèrent en vous,
Cœur de Jésus, espérance de ceux qui meurent dans votre amour,
Cœur de Jésus, délices de tous les saints.
Agneau de Dieu, qui effacez les péchés du monde, pardonnez-n., Seigneur.
Agneau de Dieu, qui effacez les péchés du monde, exaucez-nous, Seigneur.
Agneau de Dieu, qui effacez les péchés du monde, ayez pitié de nous, Seigneur.

v. Jésus, doux et humble de cœur,
n. Rendez notre cœur semblable au vôtre.

ORAISON

Dieu tout-puissant et éternel, regardez le Cœur de votre Fils bien-aimé : soyez attentif aux louanges et aux satisfactions qu'il vous rend au nom des pécheurs. Apaisé par ces divins hommages, pardonnez à ceux qui implorent votre miséricorde, au nom de ce même Jésus-Christ, votre Fils, qui vit et règne avec vous, en l'unité du Saint-Esprit, dans les siècles des siècles. Ainsi soit-il.

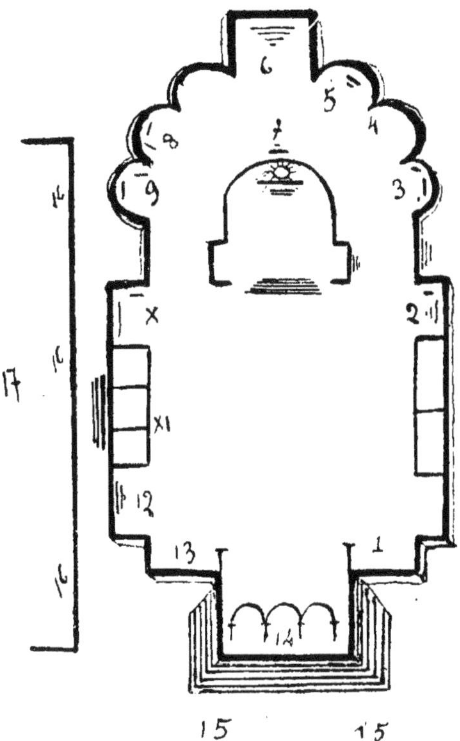

1. Chapelle de l'Armée (Général de Sonis). — 2. Chapelle de
a Bienheureuse Marguerite-Marie. — 3. Saint Benoît-Labre. — 4.
Canada. — 5. Saint Joseph (très bel autel). — 6. La Sainte Vierge
(Notre-Dame de Pellevoisin). — 7. Cardinal Guibert. — 8. Saint Ignace.
— 9. Sainte Geneviève (bas-relief). — 10. Saint-Antoine (tableau des
recommandations, ex-voto). — 11. Porte latérale. — 12. Chapelle
des Reines de France (autel historique). — 13. Chapelle de la Marine
(Amiral Courbet) — 14. Porches. — 15. Esplanade (vue sur Paris).
— 16. Stations du vieux Calvaire du Mont-Valérien (XVIIe siècle).
— 17. Église Saint-Pierre, chapelle de l'ancienne Abbaye de Montmartre (une Reine de France y est enterrée).

❧ ❧ ❧ ❧ ❧ ❧ ❧ ❧ ❧ ❧ ❧ ❧ ❧ ❧ ❧ ❧ ❧ ❧ ❧

III

LA BASILIQUE

Quelques Notes ou Souvenirs religieux çà et là.

1° **Le bel autel futur,** les superbes décorations que l'avenir verra bientôt, surtout la belle mosaïque — **triomphe du Sacré-Cœur qui occupera le fond de l'abside** — ôteront à l'intérieur du vaste édifice, ce qu'il peut avoir encore dans « sa vastité » d'un peu froid et nu, malgré ses lignes d'architecture si bien accusées. Chaque pierre, ici, est un hommage à Jésus-Christ ! La vue de tant de sacrifices offerts, la présence de ces foules qui prient si ardemment, émeuvent. On respire un grand air de foi qui vous pénètre. Ces chants si beaux, si multipliés et suppliants vont au cœur. Plusieurs, ici, ont retrouvé le ciel et la paix ! M. X., riche négociant, y montait, un jour. Depuis de trop longues années, hélas ! il avait oublié le chemin de Dieu. A peine entré, le Sauveur qui l'attendait, le toucha et si vivement, si subitement, si profondément qu'il tombait à genoux, tremblant. Il était changé, converti. Ses yeux se mouillèrent de larmes. Et en reconnaissance, il fit vœu de remonter à la Basilique, chaque lundi, des dernières années que Dieu lui donnerait encore ici-bas. Il tint parole, y monta chaque semaine, se donna même à l'Œuvre si belle des Pauvres de Montmartre et mourut saintement ! *O Cor amoris victima ! Cœli perenne gaudium !… Mortalium spes ultima !*

2° **VOIR LE PLAN N° 1. CHAPELLE DE L'ARMÉE. —** Sous l'autel, l'épée du général de Sonis. Il l'avait quand il tomba à Patay, où il passait sur le champ de bataille une nuit si extraordinaire. **De chaque côté, plusieurs épées, croix, épaulettes** offertes par d'autres vaillants, en hommage au Dieu des armées : *Deus Sabaoth.*

Nᵒ 2 CHAPELLE DE LA B. MARGUERITE-MARIE. — Au-dessus de l'autel, dans une gloire, **un cœur couronné d'épines.** Deux Anges soutenant le trophée, portent encore une banderolle avec ces mots : **La Garde d'Honneur au Sacré-Cœur.** A gauche, **belle statue** peinte du Sacré-Cœur, offerte par la maréchale de Mac-Mahon. J'ai vu des personnes agenouillées devant, y prier les bras en croix. Au mur, des cadres remplis de beaux *ex-voto !* Les inscriptions en lettres rouges que vous voyez sur les piliers — côté de l'entrée latérale surtout, portent : **Actions de grâces, reconnaissance, remerciements. Merci, désir accompli !**

Nᵒ 3 CHAPELLE DE SAINT-LABRE, sa statue avec sa douce modestie, le sentiment si touchant et si vrai de son humble néant devant Dieu. Quelle éloquence dans cette pose qui s'oublie si pleinement ! Et notre orgueil et nos préjugés sont tels encore contre la pauvreté, que nous oublions presque de l'invoquer ! Il a son vieux livre de prières à la main et sa corde usée à la ceinture. *Beati pauperes !* A gauche, le buste de L. Veuillot, reposant sur trois chapiteaux, — un peu étrange. — On dit que le personnage allégorique de gauche est la foi, sous les traits de sa propre fille, pendant que celui de droite serait la force, rude au besoin. On aperçoit encore les silhouettes de Rome et même de Paris.

Nᵒ 4 CHAPELLE SAINT-JEAN-BAPTISTE. — Don du Canada, cette nouvelle France d'Amérique, qui garde toujours à la mère Patrie — trop oublieuse, hélas ! de la foi de ses pères, trop obstinée dans le mal, trop vieillie au feu de ses révolutions, le souvenir de la langue, des traditions lointaines et du cœur ! Les mots du Précurseur inscrits sur les piliers font très bien : *Ecce Agnus Dei qui tollit peccata mundi.* Ici, à deux pas, regardez, ici réside le doux Agneau de Dieu qui efface les fautes du monde.

N° 5 CHAPELLE SAINT-JOSEPH. — Très bel autel d'une grande richesse, d'un très heureux effet, d'un goût artistique qui fait plaisir. — Coût 30.000 fr.

N° 6 CHAPELLE DE LA SAINTE-VIERGE. — C'est ici, que le très Saint-Sacrement est souvent exposé, la nuit. La Vierge qui, aujourd'hui — 8 juin — couronne encore, le magnifique autel, bras et regards levés au ciel, cédera bientôt à Notre-Dame de Pellevoisin. Jolis sujets du tombeau d'autel (Vie de Notre-Dame).

En face, **N° 7 LE CARDINAL GUIBERT** bien drapé dans sa cappa, à genoux. En très beau marbre, il tient, dans ses mains, une réduction de la Basilique qu'il offre à Notre-Seigneur au nom du pays dont il était alors, on le sait, le représentant officiel.

N° 8 STATUE DE SAINT IGNACE bien solide sur ses deux pieds. Il lève la main droite et appuie la gauche sur son beau livre des Exercices.

N° 9 CHAPELLE SAINTE URSULE. — A droite Statue en granit de la très grande Sainte Géneviève. Ses vêtements ont un peu l'air chiffonnés. Au fait le grain de l'étoffe est rude aussi ! Le petit médaillon du piédestal, est très joli, il rappelle le fait suivant de sa vie : « Un matin, au chant du coq, elle gagnait le tombeau de saint Denis. La nuit était noire et les chemins pleins de boue. Or, le cierge qu'on portait devant elle, s'éteignit tout à coup — soufflé par le démon. — Ses compagnes sont troublées. Géneviève prend alors le cierge, et le cierge se rallume de lui-même. » (1) On dirait que l'ennemi de Géneviève qui souffle ici, qui souffle derrière elle et la poursuit avec fureur, a quelque ombre de ressemblance avec un trop célèbre publiciste qui, depuis quarante ans, s'agite, souffle aussi, souffle toujours, pour éteindre le flambeau de la vieille foi, dans la nuit et la

---

(1) Les Saints Patrons et Protecteurs de Paris, t. Ier, p. 194. Guide du Pélerin à leurs reliques sacrées, vies, culte, prières, par E.-M. G.

tempête du jour que nous traversons : *Qualis pater, talis filius*. Mais il n'a été donné à aucun mortel ni d'éteindre, ni d'atteindre le soleil ! Satan, au fait, sous une forme, ou sous une autre, n'a guère quitté Paris depuis le président payen Fescennius qui frappa saint Denis, jusqu'à... nos jours. Il fut même donné ici, sur cette même montagne en l'an 944, d'exciter une effroyable tempête, *tempestas nimia*. **On vit**, dit la chronique, **des démons sous forme d'hommes à cheval :** *Dæmones sub equitum specie visi*. Une ancienne et très solide maison, **plus une église**, furent renversées de fond en comble et les vignes qui couvraient le mont arrachées ! *Vineas montis vastaverunt*. (Flodoard, chanoine de Reims.)

N° 10 STATUE DE SAINT ANTOINE DE PADOUE. — J'ai compté dans un des deux cadres dorés, à droite, plus de 150 *ex-voto !* A lire, près de l'autel, le **grand tableau** très éloquent, très touchant, **des intentions recommandées.** J'ai copié quelques lignes : **Evêques et diocèses. 531... — Premières communions 3.605. — Jeunes gens, enfants, 16.000. — Vocations. 5.621. — Familles, 7.492. — Conversions. 9.729. — Intentions particulières, 15.163. — Grâces spirituelles. 20.203. — Morts. 12.546...**

N° 12 CHAPELLE DES SAINTES REINES DE FRANCE. — C'est là une très heureuse idée ! L'autel, par les souvenirs historiques qu'il évoque, est ravissant. **Grand bas-relief du tombeau :** Notre-Seigneur au centre, un peu à droite, sainte Radegonde, à genoux, mains jointes, devant Lui. Le Sauveur montrant sa tête divine, dit : *tu pretiosa Gemma !* Tu es comme un diamant devant moi : *Noveris te in diademate capilis mei esse ex gemmis primariis unam*, sache que tu es devenue comme une pierre précieuse entre les plus belles de mon diadème éternel ! (Inscription) Un Evêque est à gauche, un Roi tenant le sceptre, à droite. Est-ce saint Germain, est-ce saint Louis ? - **Au rétable**, côté gauche, **la grande Relique de la vraie croix**, envoyée de Constantinople à sainte Radegonde, et portée ici, par quatre lévites, **arrive à Poitiers.** On chante pour la première fois l'admirable *Vexilla Regis prodeunt*, l'étendard du grand Roi s'avance, le mystère de la croix a brillé sur le monde, *Fulget crucis mysterium* (Inscription). Fortunat qui composa ce beau chant, doit tressaillir : Il est là ! **Le pendant de droite** représente **l'apparition** dans les airs, de **la croix de Migné.** 17 décembre 1826. Aux angles, sainte Bathilde et sainte Clotilde. — Au-dessus du tabernacle, Mgr Pie bénit deux vieux époux, les donataires, je pense. Sur le côté droit, contre l'autel, on lit : **Famille de Beauchamp.** et du côté gauche, le nom de leur belle-fille, Valérie, victime au bazar de la Charité. Enfin une inscription en face porte : *Voto pictaviis concepto*, décembre 1870 : Vœu fait à Poitiers, 1870; approuvé à Rome, 1872; exécution commencée à Paris, 1875. Au rétable, tout près, les armes de Mgr Pie avec les mots : *Tuus sum ego.*

N° 13 CHAPELLE DE LA MARINE. — Épée du grand amiral Courbet; des croix encore de chaque côté.

IV

Quelques mots sur la Crypte

Il faut sortir du côté du grand perron pour y descendre. Ces longues allées souterraines sont vastes et sombres. Sur les murs de beaucoup de chapelles, remarquez des centaines d'*ex-voto*, en marbre, ayant tous à peu près la même forme, avec inscriptions de même couleur rouge et un cœur : **Reconnaissance, actions de grâces à Notre-Seigneur !** Ces murs ainsi couverts sont très touchants : « *lapides isti clamabunt !* » Ces quinze à seize cents *ex-voto* ornaient autrefois les murs de la Chapelle provisoire. A gauche, **Chapelle Saint-Martin.** On lit Chinon Loches... Plus loin, **Chapelle des Amis de Jésus.** (Très heureuse pensée). On lit : **Marseille, Aix, Toulouse** (Lazare, Marthe et Marie). Au fond, **Chapelle de la Sainte-Famille et de Jésus ouvrier.** Sur le premier pilier à droite, très touchante **inscription taillée en relief** dans le granit. Les dames de Sion l'ont fait graver. Elle garde le souvenir du jubilé de la conversion (20 janv. 1842) de M. de Ratisbonne, leur fondateur... **DIEU DE BONTÉ, Père des miséricordes nous vous supplions par le Cœur Immaculé de Marie... par les Patriarches... de jeter un regard sur les restes d'Israël...** La tradition chrétienne, on le sait, tient que vers la fin des temps, ils reviendront au Maître adorable qu'ils ont crucifié. — L'apostasie des nations semble consommée, l'Évangile prêché par tout l'univers, et la foi bien refroidie... Sommes-nous loin du grand et terrible jugement ? O Dieu ! qui le dira ? qui le sait ? — Et quelle attente ! Montez quelques degrés, en face, et, vous retournant vers l'inscription, vous verrez de là les sept chapelles du chœur qui viennent converger et rayonner, sous une très heureuse perspective, au point même que vous occupez. **A la chapelle Saint-Jean,** à droite, j'ai lu cet *ex-voto* maternel N° 611 : **Mon Dieu ! vous m'avez donné un fils. Je vous le confie.** — Au milieu enfin, entre les deux déambulatoires, et faisant face à l'escalier, **chapelle des Ames du Purgatoire.** Un jour, le Cardinal Guibert qui dort à Notre-Dame, aura, ici son tombeau. Chaque lundi, à neuf heures, on y chante une messe pour les bienfaiteurs décédés. Cette chapelle est grande — elle a trois nefs et trois absides.

Revenu sur l'esplanade, montez le bel escalier de granit qui conduit au superbe porche de la Basilique et regardez de là. Promenez lentement vos regards vers le sud et de l'est à l'ouest, vous avez, dans ce superbe panorama, et Babylone et Ninive et Rome et Jérusalem ; à la fois, les deux cités qui se partagent la terre depuis Caïn et Abel : la cité de Dieu et celle de Satan. Des églises, çà et là, dominent de leurs masses solides, cet océan sombre, nuageux souvent, toujours agité : *Vidi iniquitatem et contradictionem in civitate.* (Ps. LIV.) flots mobiles qui cachent des abîmes et causent des tempêtes ! L'orateur romain a dit : Aucun océan ne soulève plus de vagues, n'a de mouvements plus redoutables, ni plus divers dans ses masses mobiles que le peuple. » *Nullum fretum tot, motus tantus et tam varias habet agitationes, quantas populus.* Que de barques y ont péri ! que de vaisseaux même Paris a brisés ! Que de victimes ont coulé aux abîmes ! Je songe que la dernière vieille et sainte abbesse elle-même, qui commandait ici, à qui appartenait cette montagne, il y a cent sept ans, fut emportée dans l'orage ! (Échafaud, 21 juillet 1793) (1). Mais des clochers apparaissent comme les mâts du navire qui est l'Église de Jésus-Christ, glissant sur tous les abîmes, Arche sainte qui sauvera le monde et qui seule a les promesses de la vie éternelle ! Les âmes prédestinées s'y réfugient pour ne pas périr. Que d'âmes, que de respirations humaines dans ces quelques lieues d'étendue ! Trois millions de poitrines y battent ! Quelle part ici est la part à Dieu ?

---

(1) Marie-Louise *de Laval-Montmorency.*

Qui le dira, avant le dernier des jours, à Josaphat?
Seigneur Jésus, par votre très saint Cœur, éclairez-les,
touchez-les, sauvez-les! Saint Thomas d'Aquin contemplant
au XIIIe siècle, ce même panorama, ce même Paris qui, alors
avait à peine franchi ses premières barrières, était déjà dans
l'admiration. — Vous seriez heureux d'en être le roi? lui
demanda son compagnon. — Oh! non, reprit le grand saint,
je préférerais encore à cette royauté, le volume de saint
Jean Chrysostome sur saint Matthieu! C'est que l'Evangile
est divin et éternel, et Paris bâti de mains d'hommes, périra!
Terra autem et quæ in ipsa sunt, exurentur (S. Pierre, XI, 3-10)
Dies illa tanquam fur comprehendet (Saint Paul).

V

MONTMARTRE

LA MONTAGNE SAINTE

A ses pieds, — aujourd'hui rue Antoinette — saint Denis et ses compagnons ont versé leur sang pour Dieu. Consacrée par leur martyre, la montagne dès lors est devenue, elle est restée, dix-huit siècles durant, un lieu vénérable. Un vieux roi disait : **c'est le cœur de la France** (Jean le bon). Et un ancien auteur : **C'est le lieu le plus saint de la Patrie** (cité par le P. Lemius, congrès de Lille). Jeanne d'Arc vint y prier, saint François de Sales aimait à y **« respirer l'air du Paradis. »** Au fait, l'abbaye des religieuses de Montmartre fut célèbre du XIIe au XIXe siècle. La vieille église Saint-Pierre que vous voyez à côté (n° 17 plan), fut longtemps leur chapelle (1). Le monastère royal occupait une grande partie de la montagne que des murs protégeaient de toutes parts. Soixante religieuses de grande famille y servaient Dieu dans l'obéissance, le jeûne, la clôture et la prière pour sauver leur âme. « Le bruit de leur vertu se répandant au loin, mérita aux Bénédictines l'estime d'une Reine de l'Angleterre alors catholique. Mathilde leur donna le droit de prendre à Boulogne, tous les ans, 5.000 harengs » (Magny, t. Ier, p. 9.)

---

(1) Lefèvre, Calendrier historique de l'Église de Paris. 1749. page 46 Jusque-là, je trouve quarante-deux abbesses qui ont dirigé l'abbaye. Et Montmartre a encore sa rue des Abbesses.

— Déjà une Reine de France, Adélaïde, après la mort de Louis-le-Gros, s'était retirée à l'abbaye de Montmartre dont elle était fondatrice. Elle y finit ses jours dans la retraite et les exercices de la piété (1151). Elle y fut inhumée devant le grand autel. Son effigie sur la pierre tombale portait une couronne à quatre fleurons. Marie de Beauvilliers, abbesse de Montmartre, y fit graver l'épitaphe :

> Cy gist *Madame Alix*, qui de France fut Reine,
> Femme du Roi Louis sixieme, dit le Gros.
> Son âme vit au ciel, et son corps, en repos,
> Attend dans ce tombeau la gloire souveraine.
> Sa beauté, ses vertus la rendirent aimable
> Au Prince son époux, comme à tous ses sujets :
> *Mais Montmartre fut l'un de ses plus doux objets,*
> Pour y vivre, et trouver une mort délectable.
> Un exemple si grand, ô passant, te convie,
> D'imiter le mépris qu'elle fit des grandeurs,
> Comme elle, sèvre-toi des plaisirs de la vie,
> Si tu veux des Elus posséder les splendeurs.

Très pieux, très bien dit. — « En 1611, les religieuses font agrandir la chapelle des martyrs, située au bas de la colline, du côté de Paris (Hurtaut). Elles vont y célébrer l'office dimanches et fêtes. » (Du Breuil). Or, en creusant, on trouva un souterrain de 32 pieds de long sur 8 de large et 9 de haut. On y vit avec admiration un autel et des croix gravées au ciseau, 50 marches y descendaient. « On crut, avec raison, que ce lieu secret avait servi aux premiers chrétiens qui s'assemblaient en cachette. » Un long procès-verbal authentique et descriptif — que j'ai sous les yeux — fut dressé. On lisait çà et là *Mar. Clemin. Dio* (1). Cet événement éveilla tellement la piété que la Reine Marie de Médicis, les dames de la cour et beaucoup d'autres, y vinrent en foule. » (Magny, p. 12) (2).

---

(1) Peut-être martyrs, Clément (pape), *Denys (Dionysius).*

(2) Lebœuf écrit, t. IV, page 143 : Le monastère était sur la cime de la Montagne. Mais depuis le dernier siècle (XVIIe) *il est en bas. L'église Saint-Pierre, là-haut, avait deux parties : la partie occidentale, était paroissiale.* — Tout Montmartre ne possédait encore que deux cent vingt-trois feux, 1747. — *l'autre, depuis le milieu de la nef, était aux religieuses, à l'abbaye.* On vit dans la même enceinte deux communautés : celle d'en-haut, Saint-Pierre, — celle d'en-bas, maison des martyrs. Louis XIV fit

« Cinquante ans plus tard, on chantait déjà à l'église Saint-Pierre l'office si pieux des saints Cœurs de Jésus et de Marie du P. Eudes (1661). — Bientôt enfin Notre-Seigneur apparaissait à la Bienheureuse Marguerite-Marie. Il daignait lui dire : **Je demande l'érection d'un édifice à la gloire de mon divin Cœur pour y recevoir la consécration de la France.** Que l'image de ce Cœur adorable soit honoré dans toutes les familles et qu'enfin les représentants de l'autorité demandent à Rome l'approbation d'une messe et du culte du Sacré-Cœur. » — Louis XIV ne comprit pas et son règne s'acheva, après tous les désastres, au milieu de tous les deuils : tous les siens morts, un seul petit-fils de cinq ans lui survivant ! La sainte Marie Leczinska et la grande Dauphine font élever, au palais de Versailles, un autel dédié au Sacré-Cœur. Leur fils infortuné, Louis XVI, fait vœu de vouer la France au Sacré-Cœur. « Je promets de consacrer ma personne, ma famille et mon royaume au Cœur de Jésus. » (21 sept. 1992.) Mais victime héroïque de l'exécrable Révolution, il ne devait sortir de la tour du Temple — quatre mois juste après, jour pour jour, 21 janvier, que — pour mourir à l'échafaud.

élever en-bas des bâtiments assez vastes et toutes les religieuses d'en-haut y vinrent habiter, apportant même les reliques de l'ancienne église destinée dès lors à augmenter la paroisse. On laissa cependant une grille pour les stations (processions) et la partie du chœur continua de servir de sépulture aux religieuses. — Chaque jour on y disait messe basse.

Première idée du Monument

Quatre-vingts ans d'agitation, de changements sans fin, presque d'anarchie, ont succédé à la royauté stable. Depuis cent dix ans, on n'a construit que sur des ruines ou le sol mouvant des passions. C'est qu'on a rejeté **le Christ béni, seule pierre angulaire de l'édifice.** *Et non est in alio aliquo salus.* Enfin, 1870 acheva, dans la tourmente, de verser sur nous la coupe des châtiments *phialas plenas iracundiæ Dei viventis* (Saint Jean). Or, le président général de la Société de Saint-Vincent de Paul, m'écrivait alors (1871). **Ne pourrait-on promettre de bâtir à Paris** comme *ex-voto* (fin des désastres) **une église dédiée à Notre-Dame de la Délivrance ? Oui,** répondait un autre catholique fervent, — M. Legentil — **mais substituons le Sacré-Cœur à Notre-Dame.** — On parla, on intéressa les amis. L'idée fut agréée. Pie IX donna sa bénédiction, un calice et 20.000 francs pour la première chapelle. Bientôt Mgr Guibert disait : **votre œuvre devient mon œuvre.** Il écrit : En présence des malheurs qui désolent Rome et la France **nous promettons de construire à Paris un sanctuaire dédié au Sacré-Cœur.** La Providence voulut que ce fut le vœu de la France. En effet, le 25 juillet de cette même année 1873, l'assemblée nationale déclara, à une majorité de 244 voix, par une loi spéciale, « qu'il était d'**utilité publique** d'ériger un monument au Sacré-Cœur. En conséquence, l'Archevêque de Paris est autorisé à acheter, même par voie d'expropriation, l'emplacement nécessaire ; et ses successeurs sont reconnus comme propriétaires incommutables du monument. » La Basilique du Sacré-Cœur devenait par là l'*ex-voto* de la France !

Où va-t-on l'élever ? Bientôt le Cardinal, accompagné de M. l'abbé Langénieux, gravissait la haute colline de Montmartre. Arrivés sur l'emplacement même où nous sommes, à trois pas du chœur de l'abbaye royale où, deux cents ans plus tôt, on avait chanté l'office des saints Cœurs de Jésus et de Marie, l'Archevêque se sentit tout à coup ému, pressé, touché comme par une force extraordinaire — lui d'un tempérament si froid ! — **C'est ici, ici même,** dit-il de sa voix si nettement accentuée, **que doit s'élever le monument du vœu !** — Deux ans plus tard, le 16 juin 1875, tout était prêt : on posait la première pierre ! C'était le deux centième anniversaire d'une des apparitions de Paray et le trentième de l'élection de Pie IX, dix Évêques présents, cent cinquante députés, une foule immense ! Le 3 mars 1876, 9 mois, plus tard, s'ouvrait la chapelle provisoire. Or, on vit monter ici, pendant la première année, 140 mille pèlerins, 29 Évêques ! 114 mille intentions y sont recommandées et 28.000 communions données aux fidèles ! Enfin, le 5 juin 1891, le Cardinal Richard inaugurait solennellement la Basilique du Sacré-Cœur (1). *Cœur sacré de Jésus, sauvez-nous !*

« **Salut ! blessure du côté rédempteur : ouverture aimable et douce à nos cœurs :** *mitis apertura ;* rouge plus beau que la pourpre des Rois, **plus suave** aux regards des élus **que la rayonnante splendeur des roses,** *super rosam rubicunda.* O Cœur ! Victime auguste d'une incomparable charité ! *O cor amoris victima...* **Eternelle allégresse des cieux,** *cœli perenne gaudium ;* consolation secourable et dernière espérance des mortels, *mortalium solatium, mortalium spes ultima ;* ô Cœur plus beau dans sa blessure même que l'astre des jours, *luce pura purius ;* Cœur en qui l'Eternel contemple sa splendeur ; **Cœur, sanctuaire ineffable et palais du Verbe lui-même :** temple enfin plus sacré,

---

(1) Je trouvais, hier, 8 juin, sur le registre officiel, le nom de 500 prêtres étrangers qui dans le seul mois de mai, qui vient de finir, ont dit, ici, la sainte Messe !

plus divin que le ciel des élus, *templumque cœlo dignius :* Cœur plein de suavité, Cœur aimable, comme la plus tendre mère est blessée par l'amour même qu'elle porte à ses enfants, comme elle languit oppressée du désir de se voir réaimée dans leur amour, ainsi, Cœur sacré, **vous attendez** comme elle, **nos hommages réparateurs,** faibles échos de votre amour, répercuté dans l'âme de vos enfants, rayon pâli de votre éclatant soleil. Ah! aimez-nous, Jésus, purifiez-nous, **Jésus,** et **régnez éternellement dans tous les cœurs** *In corde regnes omnium !* (1) »

---

(1) Essais d'instructions religieuses ou commentaires de beaux passages de l'Évangile, par E.-M. G., page 272.

En dépôt chez M. E.-M. GAUCHER, 21, rue Galilée, Paris.

Saint-Just. — Imp. Universelle.